adapté par Wendy Wax
basé sur la télésérie originale "Secret Mission"
par McPaul Smith
illustré par Zina Saunders

PRESSES AVENTURE

Basé sur la série télévisé *Nick Jr. The Backyardigans*™.

Publié par PRESSES AVENTURE, une division de
LES PUBLICATIONS MODUS VIVENDI INC.
55, rue Jean-Talon Ouest, 2e étage
Montréal (Québec)
Canada H2R 2W8

Paru sous le titre : Secret Agents

Dépôt légal : Bibliothèque et Archives nationales du Québec, 2006
Dépôt légal : Bibliothèque et Archives Canada, 2006

Traduit de l'anglais par : Catherine Girard-Audet

ISBN 10: 2-89543-517-0
ISBN 13: 978-2-89543-517-4

Nous reconnaissons l'aide financière du gouvernement du Canada par l'entremise du Programme d'aide au développement de l'industrie de l'édition (PADIÉ) pour nos activités d'édition.

Gouvernement du Québec — Programme de crédit d'impôt pour l'édition
de livres — Gestion SODEC

Pablo était caché derrière un arbre. Il pointa la tête et risqua un regard.
« Chut, je suis l'agent Pablo... un agent secret. » Les agents secrets
partent en missions secrètes !

Théo surgit d'un buisson.

« Je suis l'agent Théo ! » dit-il. « Rien à signaler, agent Pablo ? »

« Rien à signaler, agent Théo ! » dit Pablo.

Au même instant, Victoria sortit furtivement
d'un autre buisson.
« Je suis l'agent Victoria », dit-elle, « et je suis extrêmement rusée ! »

« Quelle est notre mission secrète, agent Pablo ? » demanda Théo. Pablo souleva une boîte contenant un os. « Nous devons nous faufiler à l'intérieur du Musée aux Trésors pour retourner cet os mystérieux à son propriétaire secret », dit-il.

« Qui est le propriétaire secret ? » demanda Victoria.

« Je ne sais pas », dit Pablo. « C'est un secret, mais je sais qu'il se trouve à l'intérieur du Musée aux Trésors. »

« Mais le Musée aux Trésors est rempli d'alarmes et de pièges ! » dit Théo.

« Les agents secrets trouvent toujours une façon de se faufiler à l'intérieur », dit Victoria.

À l'extérieur du Musée aux Trésors, Pablo montra son gadget d'espionnage aux autres agents. C'était un petit objet rempli de boutons ultra secrets.
Victoria avait apporté une corde d'espionnage pour les aider à se sortir
des situations difficiles. Théo avait apporté une bouteille de sirop d'érable.

« Du sirop d'érable ! » dirent Pablo et Victoria. « À quoi cela servira-t-il ? »

« C'est du sirop d'érable d'espionnage », dit Théo. « Au cas où nous aurions besoin de quelque chose de collant. »

« Allons-y », dit Victoria.

« Les agents secrets n'entrent jamais par la porte. Ils se faufilent à l'intérieur! » dit Pablo. Il utilisa son gadget d'espionnage pour ouvrir une trappe secrète située à leurs pieds.

« Comment descendrons-nous dans la trappe ? » demanda Théo.
« Ne t'en fais pas ! Nous utiliserons ma corde d'espionnage ! »
dit Victoria. « Agents secrets, tenez-vous bien ! Nous descendons ! »

Les agents secrets se retrouvèrent dans la Salle des Pierres Précieuses. « Des rubis, des émeraudes et des perles ! » dit Théo. « Il s'agit sans doute de bijoux précieux. »

« Faites attention aux alarmes et aux pièges », dit Pablo.

« Regardez ! Il s'agit sûrement du plus gros diamant au monde », s'exclama Victoria en se tournant vers ses amis. Prise par l'émotion, elle trébucha sur le présentoir qui soutenait l'énorme diamant.

« Attention ! » s'écria Pablo lorsque le diamant tomba du présentoir.

Théo attrapa le diamant et une cage tomba aussitôt du plafond.

Clang !

« Oh, non ! » s'écria Victoria. « C'est un piège ! »

« Nous sommes pris au piège ! » s'écria Pablo qui commençait à paniquer. « Oh, oh ! Les agents secrets ne devraient jamais se faire piéger. Mais nous sommes pris au piège ! Oh, oh... »

« Pablo ! » dit Victoria. « Calme-toi. Nous devons garder notre sang-froid et réfléchir. »

« Nous pourrions peut-être utiliser mon sirop d'érable d'espionnage », suggéra Théo.

« Non », répondirent Pablo et Victoria.

« Si nous replaçons le diamant sur son présentoir, la cage se soulèvera peut-être », dit Victoria.

Pablo appuya sur un des boutons de son gadget d'espionnage. Un bras mécanique muni d'une pince saisit le diamant et le replaça sur son présentoir. La cage commença alors à remonter.

Les agents avancèrent près du cadre de porte. Trois rayons laser bloquaient le passage.

« Si nous touchons aux rayons laser, nous déclencherons l'alarme ! » avertit Pablo.

« Alors comment ferons-nous pour traverser ? » demanda Théo.

« Nous devons danser le limbo sous les rayons », dit Pablo.

Après avoir soigneusement passé sous les rayons laser, les agents pénétrèrent dans la Galerie Gargantuesque.

« Comment ferons-nous pour trouver le propriétaire secret de l'os mystérieux ? » demanda Victoria.

C'est alors qu'elle trébucha sur le pied d'un dinosaure. Il lui manquait un petit orteil.

« Tu l'as trouvé ! » dit Pablo. « L'os mystérieux est l'orteil du dinosaure ! »

« Nous avons besoin de quelque chose de collant pour rattacher l'orteil au pied du dinosaure », dit Victoria.

« Je savais bien que mon sirop d'érable d'espionnage serait utile », dit Théo. Il recolla l'os au bon endroit. « Mission accomplie ! »

« Sortons d'ici ! » dit Théo.
Victoria lança l'extrémité de sa corde vers l'extérieur.
« Agents secrets, tenez-vous bien ! » dit-elle. « Nous montons ! »

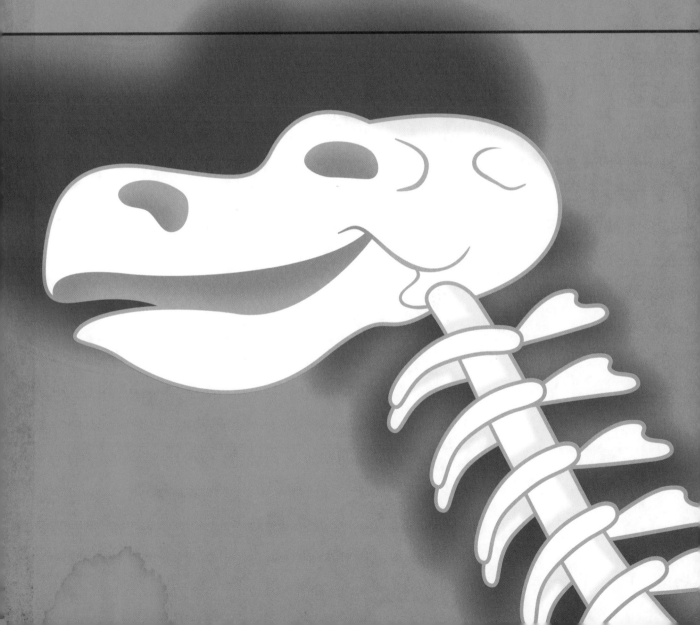

« Quelle mystérieuse aventure ! » dit Théo.

« Nous avons été très rusés », dit Victoria.

« Maintenant, allons chez moi prendre une collation ! »

Ils partirent donc tous pour prendre une collation ultra secrète.